Vinicius de Moraes

VINICIUS MENINO

idealização, seleção **EUCANAÃ FERRAZ**
ilustrações **MARCELO CIPIS**

3ª reimpressão

O selo jovem da Companhia das Letras

Copyright © 2009 by V.M. Empreendimentos Artísticos e Culturais Ltda.
Copyright das ilustrações © 2009 by Marcelo Cipis

Grafia atualizada segundo o Acordo Ortográfico
da Língua Portuguesa de 1990, que entrou em vigor
no Brasil em 2009.

capa e projeto gráfico
warrakloureiro

preparação
Márcia Copola

revisão
Ana Luiza Couto
Arlete Zebber

tratamento de imagens
Angelo Greco

Dados Internacionais de Catalogação na Publicação (CIP)
(Câmara Brasileira do Livro, SP, Brasil)

Moraes, Vinicius de, 1913-1980.
Vinicius menino / Vinicius de Moraes ; idea-
lização, seleção Eucanaã Ferraz ; ilustrações Marcelo
Cipis. — São Paulo : Companhia das Letras, 2009.

ISBN 978-85-359-1388-0

1. Literatura infantojuvenil 2. Moraes, Vinicius de,
1913-1980 3. Poesias infantis I. Ferraz, Eucanaã. II.
Cipis, Marcelo. III. Título.

08-12079	CDD-028.5

Índice para catálogo sistemático:
1. Poesias infantis : Literatura infantojuvenil 028.5

2013
Todos os direitos desta edição reservados à
EDITORA SCHWARCZ S.A.
Rua Bandeira Paulista, 702, cj. 32
04532-002 — São Paulo — SP — Brasil
Telefone: (11) 3707 3500
Fax: (11) 3707 3501
www.companhiadasletras.com.br
www.blogdacompanhia.com.br

7 **AOS DE CASA**
Inédito

9 **A CASA MATERNA**
Para viver um grande amor

13 **QUEM NUNCA COMEU MELADO**
Inédito

15 **MENINO DE ILHA**
Para viver um grande amor

19 **AURORA, COM MOVIMENTO (POSTO 3)**
Antologia poética

21 **DO AMOR AOS BICHOS**
Para uma menina com uma flor

29 **SONETO DE INTIMIDADE**
Novos poemas

31 **SEU "AFREDO"**
Para uma menina com uma flor

33 **O MOSQUITO**
Para viver um grande amor

35 **ANTEATO: PALAVRA POR PALAVRA**
Poesia completa e prosa
A letra a: abacate; abajur; abismo

59 **O RIO**
Antologia poética

61 **A ESTRELINHA POLAR**
Para viver um grande amor

63 **BIOGRAFIA**
Vinicius de Moraes, Eucanaã Ferraz e Marcelo Cipis

Vinicius menino reúne textos em verso e prosa de Vinicius de Moraes, um dos maiores nomes da literatura brasileira.

Aqui, Vinicius fala principalmente de sua infância e juventude. Movido pela memória, ele escreve sobre a casa de sua mãe, a casa de seus avós, sobre seus parentes e amigos, sobre os banhos de mar, as brincadeiras, os desafios e as aventuras. Há muita alegria e risada, sim, mas há lugar também para a solidão, o silêncio, a dúvida e a emoção. E, como não poderia deixar de ser, o autor do célebre livro *A arca de Noé* fala de muitos bichos neste *Vinicius menino*: galinha, vaca, boi, pomba, formiga... e até mosquito!

O volume que você tem agora em mãos traz textos recolhidos dos livros de Vinicius de Moraes, bem como poemas inéditos. Mas a grande novidade é mesmo o fato de essas crônicas e poemas estarem juntos pela primeira vez, formando uma unidade, e ilustrados pelos desenhos de Marcelo Cipis. Enfim, *Vinicius menino* tem tudo para agradar meninos e meninas.

E.F.

AOS DE CASA

Este caderno é meu. E é proibido
Arrancar "issozinho" do caderno.
Pra quem tiver a "ursada" cometido —
— caldeiras de aço líquido — no inferno!

Quem de "papel" tiver necessidade
Por "aperto" ou razões outras quaisquer
Há muitas papelarias na cidade
Ou cá na Gávea mesmo se quiser.

Mas bulir neste bloco eu não permito
Não façam tal "papel" porque eu me irrito
A cleptomania é um feio vício!

Não é usura não. A coisa é nossa
Temos o mesmo sangue, a mesma bossa:
— Somos oficiais do mesmo ofício.

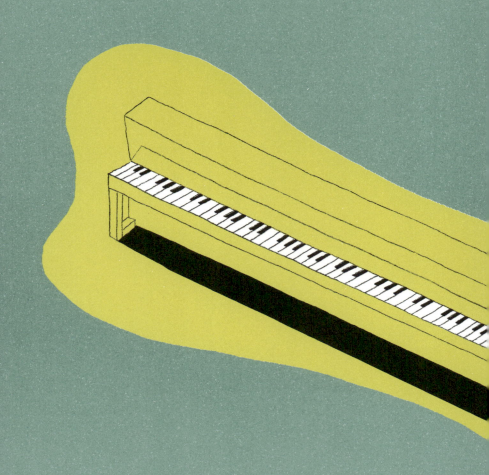

A CASA MATERNA

Há, desde a entrada, um sentimento de tempo na casa materna. As grades do portão têm uma velha ferrugem e o trinco se oculta num lugar que só a mão filial conhece. O jardim pequeno parece mais verde e úmido que os demais, com suas palmas, tinhorões e samambaias que a mão filial, fiel a um gesto de infância, desfolha ao longo da haste.

É sempre quieta a casa materna, mesmo aos domingos, quando as mãos filiais se pousam sobre a mesa farta do almoço, repetindo uma antiga imagem.

Há um tradicional silêncio em suas salas e um dorido repouso em suas poltronas. O assoalho encerado, sobre o qual ainda escorrega o fantasma da cachorrinha preta, guarda as mesmas manchas e o mesmo taco

solto de outras primaveras. As coisas vivem como em prece, nos mesmos lugares onde as situaram as mãos maternas quando eram moças e lisas. Rostos irmãos se olham dos porta-retratos, a se amarem e compreenderem mudamente.

O piano fechado, com uma longa tira de flanela sobre as teclas, repete ainda passadas valsas, de quando as mãos maternas careciam sonhar.

A casa materna é o espelho de outras, em pequenas coisas que o olhar filial admirava ao tempo em que tudo era belo: o licoreiro magro, a bandeja triste, o absurdo bibelô.

E tem um corredor à escuta, de cujo teto à noite pende uma luz morta, com negras aberturas para quartos cheios de sombra. Na estante junto à escada há um *Tesouro da juventude* com o dorso puído de tato e de tempo. Foi ali que o olhar filial primeiro viu a forma gráfica de algo que passaria a ser para ele a forma suprema da beleza: o verso.

Na escada há o degrau que estala e anuncia aos ouvidos maternos a presença dos passos filiais. Pois a casa materna se divide em dois mundos: o térreo, onde se processa a vida presente, e o de cima, onde vive a memória. Embaixo há sempre coisas fabulosas na geladeira e no armário da copa: roquefort amassado, ovos frescos, mangas-espadas, untuosas compotas, bolos de chocolate, biscoitos de araruta — pois não há lugar mais propício do que a casa materna para uma boa ceia noturna.

E, porque é uma casa velha, há sempre uma barata que aparece e é morta com uma repugnância que vem de longe.

Em cima ficam os guardados antigos, os livros que lembram a infância, o pequeno oratório em frente ao qual ninguém, a não ser a figura materna, sabe por que queima às vezes uma vela votiva. E a cama onde a figura paterna repousava de sua agitação diurna. Hoje, vazia.

A imagem paterna persiste no interior da casa materna. Seu violão dorme encostado junto à vitrola. Seu corpo como que se marca ainda na velha poltrona da sala e como que se pode ouvir ainda o brando ronco de sua sesta dominical. Ausente para sempre da casa materna, a figura paterna parece mergulhá-la docemente na eternidade, enquanto as mãos maternas se fazem mais lentas e as mãos filiais mais unidas em torno à grande mesa, onde já agora vibram também vozes infantis.

QUEM NUNCA COMEU MELADO

Quem nunca comeu melado
Diga mal da formiguinha.

Quem nunca foi escondido
Na despensa da cozinha
Raspar panela de doce
Roubar uma queijadinha
Quem nunca provou na vida
Um prato de bom-bocado
Quem nunca comeu melado
Diga mal da formiguinha.

MENINO DE ILHA

Às vezes, no calor mais forte, eu pulava de noite a janela com pés de gato e ia deitar-me junto ao mar. Acomodava-me na areia como numa cama fofa e abria as pernas aos alíseos e ao luar: e em breve as frescas mãos da maré cheia vinham coçar meus pés com seus dedos de água.

Era indizivelmente bom. Com um simples olhar podia vigiar a casa, cuja janela deixava apenas encostada; mas por mero escrúpulo. Ninguém nos viria nunca fazer mal. Éramos gente querida na ilha, e a afeição daquela comunidade pobre manifestava-se constantemente em peixe fresco, cestas de caju, sacos de manga-espada.

E em breve perdia-me naquela doce confusão de ruídos... o sussurro da maré montante, uma folha seca de amendoeira arrastada pelo vento, o gorgulho de um peixe saltando, a clarineta de meu amigo Augusto, tuberculoso e insone, solando valsas ofegantes na distância. A aragem entrava-me pelos calções, inflava-me a camisa sobre o peito, fazia-me festas nas axilas, eu deixava a areia correr de entre meus dedos sem saber ainda que aquilo era uma forma de cortar o tempo. Mas o tempo ainda não existia para mim; ou só existia nisso que era sempre vivo, nunca morto ou inútil.

Quando não havia luar era mais lindo e misterioso ainda. Porque, com a continuidade da mirada, o céu noturno ia desvendando pouco a pouco todas as suas estrelas, até as mais recônditas, e a negra abóbada acabava por formigar de luzes, como se todos os pirilampos do mundo estivessem luzindo na mais alta esfera. Depois acontecia que o céu se aproximava e eu chegava a distinguir o contorno das galáxias, e estrelas cadentes precipitavam-se como loucas em direção a mim com as cabeleiras soltas e acabavam por se apagar no enorme silêncio do Infinito. E era uma tal multidão de astros a tremeluzir que, juro, às vezes tinha a impressão de ouvir o burburinho infantil de suas vozes.

E logo voltava o mar com o seu marulhar ilhéu, e um peixe pulava perto, e um cão latia, e uma folha seca de amendoeira era arrastada pelo vento, e se ouvia a tosse de Augusto longe, longe. Eu olhava a casa, não havia ninguém, meus pais dormiam, minhas irmãs dormiam, meu irmão pequeno dormia mais que todos. Era indizivelmente bom.

Havia ocasiões em que adormecia sem dormir, numa semiconsciência dos carinhos do vento e da água no meu rosto e nos meus pés. É que vinha-me do Infinito uma tão grande paz e um tal sentimento de poesia que eu me entregava não a um sono, que não há sono diante do Infinito, mas a um lacrimoso abandono que acabava por raptar-me de mim mesmo. E eu ia, coisa volátil, ao sabor dos ventos que me levavam para aquele mar de estrelas, sem forma e corpo e ouvindo o breve cochicho das ondas que vinham desaguar nas minhas pernas.

Mas — como dizê-lo? — era sempre nesses momentos de perigosa inércia, de mística entrega, que a aurora vinha em meu auxílio. Pois a verdade é que, de súbito, eu sentia a sua mão fria pousar sobre minha testa e despertava do meu êxtase. Abria os olhos e lá estava ela sobre o mar pacificado, com seus grandes olhos brancos, suas asas sem ruído e seus seios cor-de-rosa, a mirar-me com um sorriso pálido que ia pouco a pouco desmanchando a noite em cinzas.

E eu me levantava, sacudia a areia do meu corpo, dava um beijo de bom-dia na face que ela me entregava, pulava a janela de volta, atravessava a casa com pés de gato e ia dormir direito em minha cama, com um gosto de frio em minha boca.

AURORA, COM MOVIMENTO
(POSTO 3)

A linha móvel do horizonte
Atira para cima o sol em diabolô
Os ventos de longe
Agitam docemente os cabelos da rocha
Passam em fachos o primeiro automóvel, a última estrela
A mulher que avança
Parece criar esferas exaltadas pelo espaço
Os pescadores puxando o arrastão parecem mover o mundo
O cardume de botos na distância parece mover o mar.

DO AMOR AOS BICHOS

Quem, dentre vós, já não teve vontade de ver um passarinho lhe vir pousar na mão? Quem já não sentiu a adorável sensação da repentina falta de temor de um bicho esquivo? A cutia que, num parque, faz uma pose rápida para o fotógrafo — em quem já não despertou o impulso de lhe afagar o dorso tímido? Quem já não invejou Francisco de Assis em suas pregações aos cordeirinhos da Úmbria? Quem já não sorriu ao esquilo quando o animalzinho volta-se curioso para nos mirar? Quem já não se deliciou ao contato dulcíssimo de uma pomba malferida, a tremer medrosa em nossa palma?

21

Eis a razão por que, semanal leitor, hoje te quero falar do amor aos bichos. Não do amor de praxe aos cachorros, dos quais se diz serem os maiores amigos do homem; nem do elegante amor aos gatos, que gostam mais da casa que do dono, conforme reza o lugar-comum. Quero falar-te de um certo inefável amor a animais mais terra a terra, como as galinhas e as vacas. Diremos provisoriamente: basta o amor ao cavalo, que é, fora de dúvida, depois da mulher, o animal mais belo da Criação.

Pois não quero, aqui neste elogio, deixar levar-me por considerações éticas ou estéticas, mas apenas por um critério de humanidade. E, sob este aspecto, o que não vos poderia eu dizer sobre as galinhas e as vacas! Excelsas galinhas, nobres vacas nas quais parece dormir o que há de mais telúrico na natureza... Bichos simples e sem imaginação, o que não vos contaria eu, no entanto, sobre a sua sapiência, a sua naturalidade existencial...

Confesso não morrer de amores pelos bichos chamados engraçadinhos, ou melhor, não os levar muito em conta: porque a verdade é que amo todos os bichos em geral; nem pelos demasiado relutantes ou maníacos-depressivos, tais os veados, os perus e as galinhas-d'angola. Mas olhai uma galinha qualquer ciscando num campo, ou em seu galinheiro: que feminilidade autêntica, que espírito prático e, sobretudo, que saúde moral! Eis ali um bicho que, na realidade, ama o seu clã; vive com um fundo sentimento de permanência, malgrado a espada de Dâmocles que lhe pesa permanentemente sobre a cabeça, ou por outra, o pescoço; e reluta pouco nas coisas do amor físico. Soubessem as mulheres imitá-las e estou certo viveriam bem mais felizes. E põem ovos!

Já pensastes, apressado leitor, no que seja um ovo: e, quando ovo se diz, só pode ser de galinha!

É misterioso, útil e belo. Batido, cresce e se transforma em omelete, em bolo. Frito, é a imagem mesma do sol poente: e que gostoso! Pois são elas, leitor, são as galinhas que dão ovos e — há que convir — em enormes quantidades.

E a normalidade com que praticam o amor?... A natureza poligâmica do macho, que é aparentemente uma lei da Criação, como é bem aceita por essa classe de fêmeas! Elas se entregam com a maior simplicidade, sem nunca se perder em lucubrações inúteis, dramas de consciência irrelevantes ou utilitarismos sórdidos, como acontece no mundo dos homens. E tampouco lhes falta lirismo ou beleza, pois muito poéticas põem-se, no entardecer, a cacarejar docemente em seus poleiros; e são belas, inexcedivelmente belas durante a maternidade.

Assim as vacas, mas de maneira outra. E não seria à toa que, a mais de tratar-se de um bicho contemplativo, é a vaca uma legítima força da natureza — e de compreensão mais sutil que a galinha, por isso que nela intervêm elementos espirituais autênticos, como a meditação filosófica e o comportamento plástico.

De fato, o que é um campo sem vacas senão mera paisagem?

Colocai nele uma vaca e logo tereis, dentro de concepções e cores diversas, um Portinari ou um Segall. A "humanização" é imediata: como que se cria uma ternura ambiente. Porque doces são as vacas em seu constante ruminar, em sua santa paciência e em seu jeito de olhar para trás, golpeando o ar com o rabo.

    Bichos fadados, pela própria qualidade de sua matéria, à morte violenta, impressiona-me nelas a atitude em face da vida. São generosas, pois vivem de dar, e dão tudo o que têm, sem maiores queixas que as do trespasse, transformando-se num número impressionante de utilidades, como alimentos, adubos, botões, bolsas, palitos, sapatos, pentes e até tapetes — pelegos — como andou em moda. Por isso sou contra o uso de seu nome como insulto. Considero essa impropriedade um atentado à memória de todas as galinhas e vacas que morreram para servir ao homem. Só o leite e o ovo seriam motivo suficiente para se lhes erguer estátua em praça pública. Nunca ninguém fez mais pelo povo que uma simples vaca que lhe dá seu leite e sua carne, ou uma galinha que lhe dá seu ovo. E se o povo não pode tomar leite e comer carne e ovos diariamente, como deveria, culpem-se antes os governos, que não os sabem repartir como de direito. E abaixo os defraudadores e açambarcadores que deitam águas ao leite ou vendem o ovo mais caro do que custa ao bicho pô-lo!

E, uma vez dito isto, caiba-me uma consideração final contra os bichos prepotentes, sejam eles nobres como o leão ou a águia, ou furbos* como o tigre ou o lobo: bichos que não permitem a vida à sua volta, que nasceram para matar e aterrorizar, para causar tristeza e dano; bichos que querem campear, sozinhos, senhores de tudo, donos da vida; bichos ferozes e egoístas contra o povo dos bichinhos humildes, que querem apenas um lugar ao sol e o direito de correr livremente em seus campos, matas e céus. Para vencê-los que se reúnam todos os outros bichos, inclusive os domésticos "mus" e "cocoricós", porque, cacarejando estes, conglomerando-se aqueles em massa pacífica mas respeitável, não prevalecerá contra eles a garra do tigre ou o dente do lobo. Constituirão uma frente comum intransponível, a dar democraticamente leite e ovos em benefício de todos, e destemerosa dos rugidos da fera. Porque uma fera é em geral covarde diante de uma vaca disposta a tudo.

*Furbo é "esperto" em italiano.

SONETO DE INTIMIDADE

Nas tardes de fazenda há muito azul demais.
Eu saio às vezes, sigo pelo pasto, agora
Mastigando um capim, o peito nu de fora
No pijama irreal de há três anos atrás.

Desço o rio no vau dos pequenos canais
Para ir beber na fonte a água fria e sonora
E se encontro no mato o rubro de uma amora
Vou cuspindo-lhe o sangue em torno dos currais.

Fico ali respirando o cheiro bom do estrume
Entre as vacas e os bois que me olham sem ciúme
E quando por acaso uma mijada ferve

Seguida de um olhar não sem malícia e verve
Nós todos, animais, sem comoção nenhuma
Mijamos em comum numa festa de espuma.

Campo Belo, 1937

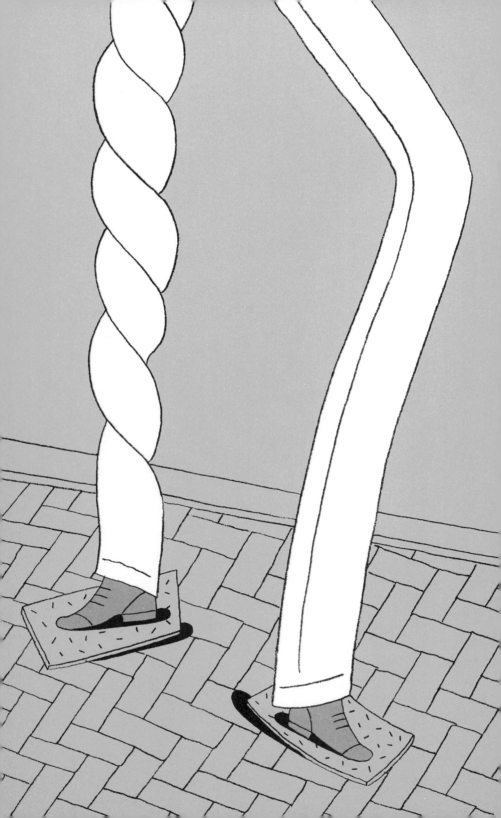

SEU "AFREDO"

Seu Afredo (ele sempre subtraía o *l* do nome, ao se apresentar com uma ligeira curvatura: "Afredo Paiva, um seu criado...") tornou-se inesquecível à minha infância porque tratava-se muito mais de um linguista que de um encerador. Como encerador, não ia muito lá das pernas. Lembro-me que, sempre depois de seu trabalho, minha mãe ficava passeando pela sala com uma flanelinha debaixo de cada pé, para melhorar o lustro. Mas, como linguista, cultor de vernáculo e aplicador de sutilezas gramaticais, seu Afredo estava sozinho. Tratava-se de um mulato quarentão, ultrarrespeitador, mas em quem a preocupação linguística perturbava às vezes a colocação pronominal. Um dia, numa fila de ônibus, minha mãe ficou ligeiramente ressabiada quando seu Afredo, casualmente de passagem, parou junto a ela e perguntou-lhe à queima-roupa, na segunda do singular:

— Onde *vais* assim tão elegante?

Nós lhe dávamos uma bruta corda. Ele falava horas a fio, no ritmo do trabalho, fazendo os mais deliciosos pedantismos que já me foi dado ouvir. Uma vez, minha mãe, em meio à lide caseira, queixou-se do fatigante ramerrão do trabalho doméstico. Seu Afredo virou-se para ela e disse:

— Dona Lídia, o que a senhora precisa fazer é ir a um médico e tomar a sua *quilometragem*. Diz que é muito *bão*.

De outra feita, minha tia Graziela, recém-chegada de fora, cantarolava ao piano enquanto seu Afredo, acocorado perto dela, esfregava cera no soalho. Seu Afredo nunca tinha visto minha tia mais gorda. Pois bem: chegou-se a ela e perguntou-lhe:

— Cantas?

Minha tia, meio surpresa, respondeu com um riso amarelo:

— É, canto às vezes, de brincadeira...

Mas, um tanto formalizada, foi queixar-se a minha mãe, que lhe explicou o temperamento do nosso encerador:

— Não, ele é assim mesmo. Isso não é falta de respeito, não. É excesso de... gramática.

Conta ela que seu Afredo, mal viu minha tia sair, chegou-se a ela com ar disfarçado e falou:

— Olhe aqui, dona Lídia, não leve a mal, mas essa menina, sua irmã, se ela pensa que pode cantar no rádio com essa voz, 'tá redondamente enganada. Nem em programa de calouro!

E, a seguir, ponderou:

— Agora, piano é diferente. Pianista ela é!

E acrescentou:

— *Eximinista* pianista!

Setembro de 1953

O MOSQUITO

Parece mentira
De tão esquisito:
Mas sobre o papel
O feio mosquito
Fez sombra de lira!

Montevidéu, 1959

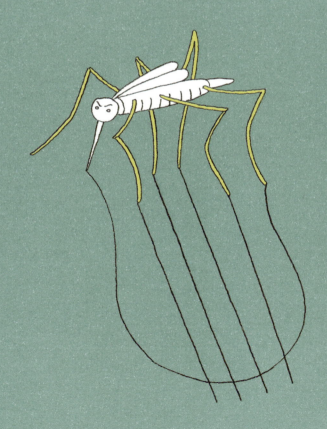

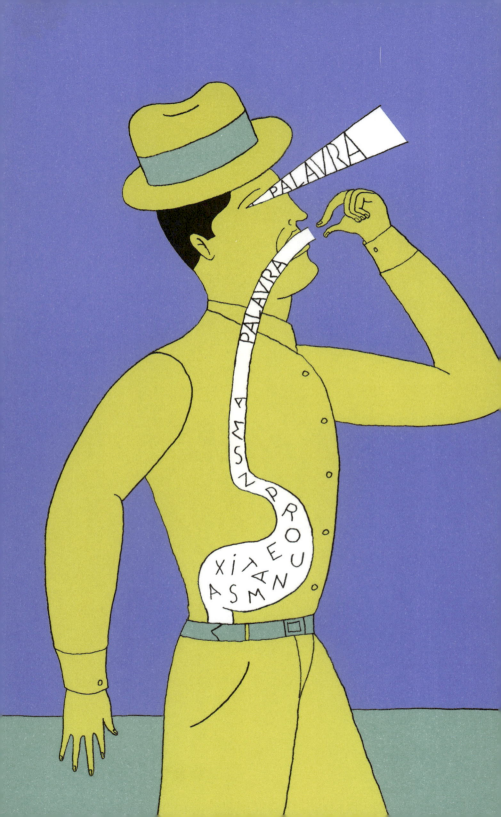

ANTEATO: PALAVRA POR PALAVRA

A ideia ocorreu-me em março de 1967, quando ganhei pela ...ésima vez, para grande prazer meu, um novo *Pequeno dicionário brasileiro da língua portuguesa*, de meu velho amigo Aurélio Buarque de Holanda, que nada tem a ver com Sérgio e Chico, mas é, também, homem de muita cachola. Lembro-me de que era noite, e fiquei folheando-o à toa, e verificando uma vez mais a minha imensa ignorância do nosso léxico. De cada dez palavras, não sabia o significado de três ou quatro. É verdade que eram, o mais das vezes, palavras eruditas, de conteúdo científico e — bolas! — eu não sou cientista nem nada. Mas, para um escritor, uma tal constatação é, de qualquer forma, humilhante. Passei a ler com mais frequência o dicionário como recomendava Gide — o que, aliás, constitui para mim uma ocupação melhor que a leitura desses escritores de best-sellers que andam em voga.

ABACATE

Fiz certa vez, para a minha série de poeminhas infantis, um sexteto sobre essa fruta de que gosto muito e que pertence, segundo me ensina o verbete de mestre Aurélio, à família das Lauráceas — o que não é dizer pouco. O poeminha é como segue, e faz grande sucesso entre crianças de mentalidade coprófila e adultos de mentalidade de criança, como é o caso de meu amigo e compadre Chico Buarque:

A gente pega o abacate
Bate bem no batedor
Depois do bate-que-bate
Que é que parece? — Cocô.
Ô abacate biruta:
Tem mais caroço que fruta!

Mas eis que, de repente, surgem-me, no ato de escrever, confusas, dolorosas recordações ligadas a essa palavra.

Vejo-me menino, na casa de meus avós paternos, à rua General Severiano em Botafogo, debruçado à grande mesa da sala de jantar, apreciando meu avô comer com delícia o seu abacate no ritual gastronômico cotidiano.

Era toda uma cerimônia, as refeições de meu avô Moraes. Brando déspota baiano, cheio de bossa e filáucia, colocava-se ele à cabeceira, o guardanapo atacado ao pescoço, à moda antiga, e sem dizer *abacate* atacava os próprios, depois de cortá-los em duas metades, que enchia de açúcar até as bordas. E era de vê-lo traçando-os a colheradas, devagar e sempre, até a última epiderme. Depois, limpava, com um rápido gesto de ida e volta, a boca e o bigode branquinho, suspirava fundo e partia para o seu quarto de leitura, onde ficava o lindo oratório de minha avó. E ali se deixava ele no embalo da velha cadeira de balanço, de espaldar de palhinha, a ler pela milésima vez os folhetins de Michel Zévaco, de que eu era também leitor constante. Quantos títulos não lembro... *Os Pardaillan*, *Buridan*, *Os amantes de Veneza*, *A torre de Nesle*...

— *Ecco la saetta!*
— *La paro!*

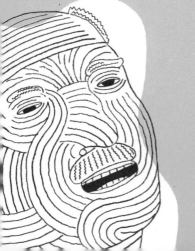

O italiano entrava nos duelos como cor local.

Pardaillan aparava o que viesse, o herói de todo caráter, enquanto, pouco a pouco, o velho avô se ia desintegrando em sono. Eu chegava pé ante pé para espiá-lo de mais perto, como quem examinava uma múmia de museu. Que fenômeno, um velho! Mas não qualquer velho: um ancião espetacular, como meu avô Moraes, o rosto cortado em mil rugas descendentes e as pálpebras inferiores começando a cair; um velho com o dorso das mãos enferrujado e a pele do pescoço pendente, já meio solta da carne.

Meu avô Antero Pereira da Silva Moraes... Bendita a palavra que desencadeou tanta saudade e o trouxe de volta tão nítido como o vejo agora a arrastar os pés ao longo do corredor, sem tempo e sem rumo — um macróbio total. Circundava-o sempre um aroma de sândalo ou alfazema, isso porque minha avó nunca se esquecia de espalhar, em seus gavetões, *sachets* perfumosos que lhe impregnavam a roupa. E sua vida era essa: vagar pela casa, o único território em que podia velejar com segurança.

Nós, meninos, tínhamos cuidado para não esbarrar nele, em nossas correrias, de vez que o corredor era o desaguadouro natural de nosso tropel faminto, quando nos chamavam para a mesa. O velho, ao sentir que algum pé de vento o cruzava, dava uma leve guinada de proa, fazia uma lenta meia-volta parada e seguia mecanicamente em sua esteira, agarrado por cabos imponderáveis àquela vida infantil que passava à toa. Tudo nele parecia realizar-se num mundo acústico, onde os sons chegassem como num aparelho de surdo subitamente conectado. Uma porta batia, alguém berrava por alguém, o cachorro ladrava — e desencadeava-se em seus tímpanos uma tempestade que o fazia retornar ao mundo dos vivos.

Sua máscara frouxa assumia um ar dramático e ele, transtornado, perguntava, numa voz pânica e trêmula de náufrago pedindo socorro:

— Que foi?

Às vezes parava, incerto sobre o rumo a tomar, desligado de tudo. Seu rosto ensimesmava-se, num desesperado esforço de ver, como se estivesse mirando um poço sem fundo, e depois exprimia espanto, pois o medo do desconhecido parecia de repente tomá-lo. Girava os olhos, então, dentro da cratera rubra das pálpebras soltas, como a buscar onde se ater. Ficava assim, a mover devagar a cabeça para um lado e outro — um bicho velho diante de sua própria morte.

Depois, refeito o vazio, ele reunia novas forças e saía em seu passinho miúdo e arrastado, de volta à cadeira de balanço como um velho barco ao ancoradouro. Ali, com um máximo de cautela para não cair, sentava-se bem devagarinho, num exercício cujo resultado parecia deixá-lo feliz, pelos esgares que fazia. Puxava a manta sobre os joelhos e, pouco a pouco, deixava pender a cabeça. Que pensamentos poderiam então tomá-lo. Talvez lhe chegassem, em fragmentos rútilos, as risadas claras das mulheres que teve — e muitas foram, ao que parece...; talvez os rufos e as clarinadas das paradas militares a que tanto gostava de assistir.

E era doce, nessas horas, depois que o sono vinha, ver chegar toda branquinha, toda curva, a sua eterna velhinha, que se deixava estar um pouco junto ao umbral, queimando a sua cera antiga numa chama de amor quase apagando. E, depois de mirá-lo algum tempo, ela ia, minha santa avozinha, e se ajoelhava ao pé do oratório, onde ficava a tatalar preces ausentes, os olhos postos com infinita devoção no Menino Deus, em sua manjedoura, ou em Nossa Senhora da Conceição, sua xará celestial, perdida na visão de beatitudes que não conheceu em vida pois, segundo consta, em matéria de mulher, meu avô não deixou passar ninguém. Mas ela o amava, o velho sacripanta, de um amor tão puro de esposa, que eu posso vê-la neste instante, mesmo mergulhada na visão do Ser Egrégio, a cuja mão direita deve sentar-se agora, linda e modesta como sempre, tendo ao lado seu velhinho todo elegante em seu paletó de alpaca — e cuja entrada no Céu só obteve pelo muito que rezou e por todo o bem que fez em vida. Pois o velho não era de brincadeira.

ABAJUR

Foi, talvez, a primeira palavra francesa de que tive conhecimento, e ela me traz recordações tão lindas da ilha do Governador que, ainda agora, a escrever estas memórias, tenho os olhos rasos d'água.

Nossa casa, com duas janelas de frente, ficava à beira-mar, em Cocotá, a meio quilômetro da grande amendoeira onde o bondinho da ilha rangia na curva, em demanda de Freguesia. Eu tinha por aí uns nove anos, e era a coisa mais pulante, grimpante e nadante que já existiu. Nunca menino algum aceitou menos as vias normais de acesso. Sempre em carreira, desviava compulsivamente minha velocidade para as sebes, que varava, os muros, que escalava, e os fossos, que transpunha. Vivia aos saltos, de baixo para cima, de cima para baixo.

Bastava ver um acidente qualquer de terreno, uma cerca, uma catraia a seco, um valado, e eu, dando tudo, precipitava-me a mil e

zumptf!

saltava-os feito um doido dançarino. Era como um Nijinski infante a dar *entrechats* cada vez mais altos e elásticos, numa ânsia de alcançar não sei o quê, quem sabe o infinito, quem sabe Deus...

    E caía exato
    Como cai um gato.

... para recomeçar uma correria nova, fosse para a casa de Mário e Quincas, meus amiguinhos pobres, fosse para o pontão das barcas da Cantareira, de onde Augusto mergulhava.

Augusto era o meu deus. Irmão mais velho de Mário, Quincas e Marina, minha namoradinha secreta, Augusto representava para mim o herói total configurado no mergulhador. Eu admirava, da ponte de Cocotá, a agilidade com que ele, numa escalada de macaco, subia as estacas mais altas, de onde dava os saltos de anjo mais lindos, penetrando o mar como uma faca em ponta, sem qualquer espadana, e com um marulho apenas perceptível. E eu ficava sempre numa aflição, de não vê-lo nunca mais voltar à tona.

Augusto demorava dois minutos folgados a vasculhar o fundo, do qual trazia sempre qualquer coisa de belo ou de útil: caranguejo, ferro-velho, estrela-do-mar, ou o que fosse, que me atirava de baixo, em saltos que lhe faziam soerguer meio corpo da superfície, como um golfinho brincalhão. Nós andávamos os quatro sempre de súcia, e a mim me espantava a naturalidade em que seus irmãos o tinham, sem nenhuma mostra de admiração. Foi ele que me ensinou a mergulhar e mover-me no fundo do mar, rente ao lodo; e mais tarde a pescar a dinamite: uma barbaridade que, na época, eu achava o máximo. Augusto colocava-se à proa do barco, nós nos agachávamos na popa como podíamos, ele acendia o pavio, esperava um momento, soprando-o forte, e, de repente, no segundo antes, lançava a banana de dinamite ao mar. A explosão, gorda e cava, levantava, ato contínuo, um cogumelo espumarento, e logo os peixes mortos começavam a subir. Mas os que nos interessavam eram os que ficavam atordoados, atrás dos quais mergulhávamos rápido. Levávamos, para essas ocasiões, pequenos sacos, e, uma vez cheios, metíamos o peixe dentro da camisa da roupa de banho — como se usava na época — e voltávamos semiasfixiados à tona. Nunca mais pude esquecer o contato frio e viscoso dos peixes contra a minha pele.

À tarde, na sala de visitas, como então se dizia, onde tudo o que havia de luxo era o belo jarrão chinês, trazido por meu bisavô de uma de suas andanças, minha mãe sentava-se ao piano e ficava tocando horas perdidas.

Nós ficávamos, minha irmã mais velha e eu, sentados no chão, geralmente a armar colagens ou a folhear o *Tico-Tico*, o *Eu sei tudo* e o *Tesouro da juventude*, nossa primeira leitura infantil. Os sons vinham, encantatórios, mergulhar ainda mais nossas vidas naquele clima doméstico, como se nós fôssemos a única família do mundo. E a verdade é que éramos a única família do mundo, unidos pelos mesmos horários e pelos mesmos desígnios de poupança, pois meu pai, por uns maus negócios que fizera, andava mal de vida.

Minha mãe, ainda tão moça, aflorava as teclas, o olhar perdido longe. Ela tinha sido aluna de francês de meu pai, na velha chácara da Gávea, e se casara aos quinze anos com esse homem bem mais velho, que se apaixonara perdidamente por ela, e que, bom poeta, vivia a lhe fazer sonetos, odes, rimancetes, baladas, elegias — tudo enfim que constitui e consolida a arte de fazer versos.

Eu a achava linda, toda rechonchuda, os longos cabelos soltos e os olhos de um azul tão vivo que, às vezes, parecia perturbar-lhe a visão, como se ela estivesse enxergando mais do que devia. Posso ouvir ainda os primeiros tangos que ela tocava, dos quais "La cumparsita" era o mais vibrante e "Caminito" o mais terno...

E de repente foi o *fox-trot*. Que alucinação! Meu pai chegava com novas partituras, que minha mãe tirava laboriosamente ao piano:

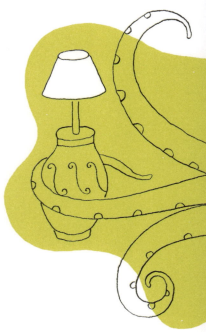

Hindustão
Paraíso das mulheres divinais
Ó Hindustão
Quem te ama não te esquece nunca mais...

Eram os primeiros doces tentáculos do polvo tateando à toa num mundo despreocupado e sem malícia. Nós não sabíamos de nada ainda. Sabíamos que éramos uma família que morava numa ilha pertencente à capital de um país que não sabíamos tampouco subdesenvolvido. Sabíamos vagamente que houvera uma guerra mundial e um terremoto no Japão. E, súbito, aquele ritmo diferente e cheio de langor, a insinuar conivências pecaminosas na penumbra...

Abajur
Com tua branda luz de cor bleu
Tu, só tu
Tu me inspiras não sei por quê...

Minha irmã e eu dançávamos, dois passos para lá, e dois para cá, como mandava o figurino. E os sons me envolviam dessa tristeza que nunca mais me abandonou, que tem a ver com alguma coisa sempre buscada e nunca totalmente possuída: não sei se o amor, não sei se a vida, não sei se a paz. Saudade, certo, que me fez poeta e compositor, e que, apesar de todas as flores e amores que a vida me deu, só me fez crescer em melancolia e solidão.

ABISMO

Havia, nos fundos do externato, um barranco perpendicular que caía do morro. Depois do recreio, alguns meninos, eu entre eles, ficavam de baixo a mirá-lo, medindo-lhe as possibilidades.

Era um tremendo desafio ao nosso espírito de aventura, pois despencava vertical de uma altura de uns trinta metros, e tudo o que tinha como ponto de apoio eram alguns degraus naturais da escavação e uns poucos arbustos e raízes que o corte deixara a nu. Nós ficávamos debaixo a observá-lo com olhos de alpinista, a medir-lhe a tentação e o perigo: um pequeno grupo de garotos de cáqui que já tinham lido Júlio Verne. E saímos dali a nos fazer apostas — sobe, não sobe: como se da coragem de tentar ou não a escalada dependesse toda a nossa futura dignidade de homens.

Uma tarde, depois de um bate-bola, partimos para lá. O barranco parecia me olhar, na luz do entardecer, e eu, a defrontá-lo, parecia ouvir-lhe a voz cavilosa que me desafiava:

— Vem se você é homem!

E súbito eu parti e pus-me a galgá-lo com raiva, as mãos fincadas na terra como garras, os pés vencendo o barro mole à força de escorregar e tentar novamente.

Vários garotos que me seguiram, desistiram logo, à exceção de um que me acompanhava de perto. Quando consegui apoiar-me a um troço de raiz e olhei para baixo, vi que tinha subido uns bons dez metros. Vi também, no fim da perpendicular, o rosto impassível de meu amigo A. V. P., que um segundo antes tentara me dissuadir da aventura em nome do bom senso. Depois, de repente, o garoto que me seguia perdeu pé e escorregou barranco abaixo — mas sem se machucar, pois até o estágio onde nos encontrávamos o aclive não era arriscado. Respirei fundo ao vê-lo que se sacudia do barro que lhe imundava o uniforme, e logo a seguir partiu correndo. E foi aí que eu cometi a temeridade. Sim, sozinho na escalada, senti-me um vencedor. Pensei que era mais homem que os demais, que a mim estava reservado um destino maior. E, olhando para cima, recomecei a subida.

Foi terrível, porque, a partir dali, a ribanceira descia a pique, e eu, mal dado o passo inicial, senti pela primeira vez a sensação do abismo embaixo, a sucção que a força de gravidade parecia exercer sobre meu corpo seguro apenas pelos pés e pelas mãos a pedaços precários de raízes e tufos de arbustos nascidos na encosta. Parar e descer pareceu-me impossível. Logo acima, uma raiz maior, como negra cariátide, protuberava a meio metro do barranco. Fazendo um desesperado esforço, consegui içar-me até ela e cavalgá-la, de costas para o abismo: um bem pequeno abismo, é certo, mas não menos assassino, pois a essa altura ele já adquirira para mim uma conotação até então desconhecida, de vertigem e perigo mortal.

A noite caía rapidamente, e as grandes árvores do morro começaram a criar um nicho de trevas, ali naquele desvão. Olhei para cima: deviam faltar ainda uns dez metros para alcançar o platô do morro — e só então vi que não podia fazer mais nada. Depois, cautelosamente, olhei para baixo: não havia mais ninguém. Até A. V. P., o amigo, abandonara-me ao perigo em que eu me encontrava. Tive vontade de chorar. Meu coração pôs-se a bater mais forte, sacudido pelo medo que me acometia mais e mais. Eu era, montado naquela raiz, um pequeno cavaleiro do abismo, sem nada em cima a que me soerguer, sem nada embaixo para me sustentar, senão, depois da queda, o chão que eu já mal distinguia, pois uma boca de treva se fora formando a meus pés, treda e como que à espera de que eu caísse para me deglutir.

Alguém já experimentou o sentimento *físico* da solidão?

O sentimento de se saber irremediavelmente só, como deve ter sentido o poeta Hart Crane depois de jogar-se ao mar, de noite, e ver seu navio ir embora num feixe de luzes que se foram perdendo pouco a pouco no oceano? Ou como Guillaumet, quando seu pequeno avião caiu nos Andes, no grande deserto eriçado de picos, como catedrais de neve, e todo rasgado em gargantas indevassáveis?

Eu experimentei — um menino de apenas treze anos — esse sentimento quando a noite veio e tudo o que eu tinha para me apoiar era um negro paredão de terra e a sela de uma velha raiz protuberante — e vinte metros de nada embaixo. Uma bem mesquinha solidão perto da desses dois ases da poesia e da aviação: mas para mim, adolescente, era a primeira; e eu não sabia ainda o que eles sabiam, que fez o poeta escolher a morte no mar, em plena noite, e o aviador andar três dias, gelado e faminto, na busca desesperada de um cimo bem visível onde lhe pudessem descobrir o corpo, a fim de que sua mulher não perdesse o seu seguro de vida. Neste, o auge do instinto de vida; no outro, o auge do instinto de morte.

Foi quando ouvi a voz de A. V. P. e a de um irmão secular do colégio, cujo nome não lembro mais. O amigo me concitava friamente a descer.

— Mas eu não vou poder...
— Vai sim. Se você subiu, pode descer.

Pensei que tudo era melhor que aquele sentimento experimentado: não o medo da morte, mas o terrível cara a cara com a solidão. Era melhor cair, quebrar-me todo, morrer, que senti-lo de novo. Aquelas vozes embaixo eram tudo de que eu precisava para voltar a ser eu mesmo, um menino entre os outros, um menino com pai, mãe, irmãos, e amigos; um menino que jogava no ataque e já revelava um individualismo feroz em seu futebol, driblando muito e querendo chegar sozinho à meta.

E desci. Desci lenta, cautelosamente, experimentando bem com o pé cada reentrância onde pisava, e nunca largando o apoio de cima senão ao me sentir seguro de não cair. Desci às cegas mas desci, sabendo que cada segundo ganho ao abismo era uma possibilidade cada vez maior de sobrevivência. E, na última etapa, quando risonho e esfogueado me voltei, a primeira coisa que vi foi a mão de A. V. P. estendida para mim, e seu rosto tenso que se relaxava ao contato de minha mão. A mão do amigo.

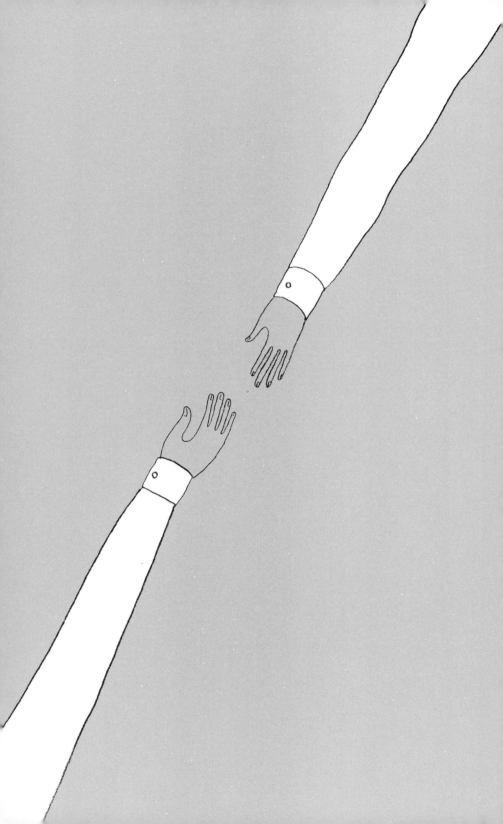

Do amigo cuja vida ele não tivera dúvida em arriscar, na certeza de que nada no mundo é feito sem esperança.

O RIO

Uma gota de chuva
A mais, e o ventre grávido
Estremeceu, da terra.

Através de antigos
Sedimentos, rochas
Ignoradas, ouro
Carvão, ferro e mármore
Um fio cristalino
Distante milênios
Partiu fragilmente
Sequioso de espaço
Em busca de luz.

Um rio nasceu.

A ESTRELINHA POLAR

De repente o mar fosforesceu, o navio ficou silente
O firmamento lactesceu todo em poluções
   vibrantes de astros
E a Estrelinha Polar fez um pipi de prata no
   atlântico penico.

Oceano Atlântico, a bordo do *Highland Patriot*,
a caminho da Inglaterra, setembro de 1938

VINICIUS DE MORAES nasceu em 1913, no Rio de Janeiro. Foi diplomata, poeta, cronista e dramaturgo. Em 1953 conheceu Antonio Carlos Jobim e iniciou um apaixonado envolvimento com a música brasileira, tornando-se um de seus maiores letristas. A lista de seus parceiros musicais é vasta, incluindo, além de Tom Jobim, Baden Powell, Chico Buarque, Carlos Lyra, Edu Lobo e Toquinho, entre outros. Morreu em 1980, no Rio de Janeiro.

EUCANAÃ FERRAZ é professor de literatura brasileira na Universidade Federal do Rio de Janeiro, coordenador editorial da Coleção Vinicius de Moraes e poeta, tendo publicado *Martelo* (1997), *Desassombro* (2002), *Rua do mundo* (2004), *Cinemateca* (2008), *Poemas da Iara* (2008), *Bicho de sete cabeças e outros seres fantásticos* (2009) e *Palhaço, macaco, passarinho* (2010).

MARCELO CIPIS nasceu em São Paulo em 1959. É artista plástico, autor e ilustrador. Recebeu o prêmio Jabuti de melhor capa por *Como água para chocolate* (Martins Fontes) e publicou *530 gramas de ilustrações* (Ateliê Editorial) e, com Antonio Malta, *Viver é...* e *Namorar é...* (Martins Fontes). Dele, a Companhia das Letras publicou *Era uma vez um livro*, *De passagem*, *A interessante ilha Dukontra* e *O nosso querido amigo Kuki*.

Esta obra foi composta em Mrs Eaves
e impressa pela RR Donnelley em ofsete
sobre papel Paperfect da Suzano Papel
e Celulose para a Editora Schwarcz em
agosto de 2013

A marca FSC é a garantia de que a madeira utilizada na fabricação do
papel deste livro provém de florestas que foram gerenciadas de maneira
ambientalmente correta, socialmente justa e economicamente viável,
além de outras fontes de origem controlada.